KB008331

현대시세계 시인선 120

이쪽이 저쪽을 아는 마음

이계열
시집

이쪽이 저쪽을 아는 마음

이계열
시집

도서
출판 북인

망망한 바다가
전일한 당신의 표정인 줄
이제야 알았습니다.

2020년 9월
이계열 손모음

차례

1부

별

어둠이 내리고
이리 추운 날엔
저 별을 본다

가끔은 안부를 전하는
꿈 같은 일

눈을 기다리는 아이처럼
당신을 그리는 이 밤엔
또박또박 경經을 읽어라

자작나무도 기우뚱
밤하늘의 별

단 한 사람

당신을 보다가
없는 당신을 보다가
아는가
고향을 말할 줄 안 단 한 사람

없는 당신을
보다가 당신을
못내 아는가
적막에 오롯이 깬 단 한 사람

하늘의 별빛과
지상의 꽃잎이 찬란한
저 바다에 든 단 한 사람

비 오는 밤

땅에 부딪는 물살이
네 볼우물과
네 손마디를 닮았다
밤이여,
땅을 치는 빗방울이
주먹을 쥐었느냐 폈느냐
올올한
밤이여,
볼우물과 손마디를 삼키고
사라진 공터에서
청단풍을 바라보느냐

이 하늘에서

— 보현사

만장을 보았다
중양절 범패 소리에 나부끼는
찬란한 하늘과 거기에 선 나무를

관음이 깃든 만장을 보았다
노란 고깔을 벗은 비구니 독경에
감은 눈 고요로이 차오는 공덕과 원만을

색색의 만장이 머리 위에서 펄럭이는 것을 보았다
진실은 허망하지 않다는 노스님의 법문에
고개를 넘어온 아랫마을 노인과 병든 붉은 개를

대한 大寒

다 잠든 밤에
오래도록 걸어서 돌아오는가

바람에 흩는 한 잎 소리가

흩어질 바람이라고
적막이 지친 무릎을 짚어보는가

눈썹달

수현이 시집 가는 날
눈썹달 떴네

6시간 기차를 타고 가 기쁨을 나누고
6시간 기차를 타고 와 슬픔을 풀어놓네

달이 이울 듯
사랑이 이울면

눈썹달 저편을 보아라

출가

수현이는 출가하여 각시가 됐다
인숙이는 출가하여 스님이 되었다
나는 출가를 않고 집에 있다

수현이는 신랑을 받들고
덕해 스님은 부처님을 받들고
나는 무엇을 받드는가

이탈리아로 떠난 수현이와
해인산방에 머무는 덕해 스님과
이 자리에서 고요로운 나와

양원역에서 생각느니
만화접몽滿花蝶夢이리

청빈
— 용소막 성당

느티나무는 알고 있을 것이다
정갈한 당신의 손길과
깊은 고요의 당신의 음성이
어둠에서 왔다는 것을

헐벗은 몸으로 다 내어준 어둠이
빛이라는 것을

느티나무 둘레에 돌던 바람도
무릎 꿇는 마음이라는 것을

나목
— 풍수원 성당

십자가의 길에 눈이 내렸군요
얼어버린 길엔 인적이 없고요

꼭대기까지 가봐야 십자가의 길이라지만

환한 첨탑이
받든 하늘이 햇살을 늘어뜨리고
고독한 눈동자에
당신도 그대도 없이
나목으로 선 느티나무 한 그루도
고요를 밀어 밀어내네요

요양병원

가난한 요양병원에는
머리 깎은 이들만이 누워 있네
숨쉬기 어려운 순간이
퉁퉁 부은 몸으로 상처를 어쩌지 못하네
고향 들녘은 하얀 눈으로 뒤덮이고
뒷산 암자의 노승은 경을 읊는데,
소식을 물을 수 없네
단옷날 찍어둔 영정 사진은
주인을 알아보지 못하네

붓꽃

그 아이가
건넸던 꽃

사랑 때문에
구치소에 갔다는 소식

힘들지요?
먼 길 돌아가는 스승에게
따뜻하게 온 작은 꽃

엄마를 일찍 여의었다는
그 아이

하루
— 탁발

개떼의 울부짖음을 들었다면
울었으리라

총채 같은 몸으로 어슬렁거리던 너도
탁발을 나섰느냐

맨발로 선나에 든 밤에 너도
고통의 끝을 보자고 물러서지 않았느냐

몸의 울음을 쏟아낸 어둠이
너에게도 나에게도 똑같이
고요를 부르는구나

하늘 가는 길

― 후산厚山

당신은 새의 날개였다

허공을 날아 하늘을 주유하다 사라진
그림자

꽃나무에 앉아 계곡 물소리에 깃을
떨어뜨리기도 하였으나

암벽 빙점 그 자리에서
구름을 거느렸나니

터벌어진 틈새로 태양은 비치지만
향기마저 몰고 간
섬광이여

등명燈明

어린 시절에 죽은 땅벌레를 묻어주고 절을 한 적이 있다
강산이 세 번 바뀐 폭설이 내린 정초에 일찍 세상을 뜬
여인에게 또 한 번의 절을 한 적이 있다

울어주는 이 아무도 없는 대낮에 초면의 상주였다

상강

나는 늙어도
너는 늙지 않는다, 고
소리가 날아왔다

벼랑에 선 자의 절박한
슬픔이 튀어 올랐다

나를 알기 전부터 이미
나였을 네가 내가 사라진 후에도
여전히 나일 네가

꽃 지고 바람 부는
이 저녁에, 적막한 얼굴로
말이 없구나

2부

싱아

두 주먹을 꼭 쥐고
두 눈을 뜨고 목숨이 질 때

산비탈에 뿌리를 움켜쥔 애기똥풀이 피었네

바람에 흔들리며
햇살을 받으며
소쩍새도 불러와

외론 봉분을 한참을 바라보다가,

길가의 싱아를 꺾어준 이 어디로 갔을까

칠월

쨍쨍한 대낮에 담묵빛 수녀를 보았다

삼십 년 전엔 산정호수 눈빛 비구니를 보았다

오늘 하늘 구름을 보고 또 보았다

시월

가끔씩 고개를 숙이셨다
떨어진 모과와 같이
아무렇지도 않게 흩어져
다 놔버린

심심하다고 하셨다
풀숲에 썩어 버려진
아무도 거들떠보지 않는

뒷목이 시린 날에
낙과는
땅을 울리며 구르나니

농익어 구르는 고요는
푸른 하늘을 닮았다

성적당惺寂堂

별이 고요한 집에
앉았다 나오니
비가 그쳤네

새벽 물소리
찰랑이는 다리를 건너노라니
날개를 접은 새의 부리가
가만하여

질러왔네

친구

우리는 한때 모두 눈이었을 것이다
울음을 하늘로 보내어
구름으로 떠돌다가
잎 다 떨어진 고요로
하염없이 나리는

우리는 한때 모두 잔설이었을 것이다
나그네에게 길을 내어주고
밟힌 그림자를 따라
큰 산이 받드는 적요로
한없이 녹아내리는

우리가 한때 눈이었을 때, 잔설이었을 때,
우리는 모두
하늘의 해와 달과 별이었을 것이다

감나무

노을 진 계곡으로 단풍이 번지네

물든 잎이 떨어져 첫눈 위에 맑갛네

절벽 구름다리 건너 달빛 한 그루

줍지 않아도 절로 익어 단내를 풍기네

겨울 소묘
— 왜가리와 어머니

제들은 발이 시리지 않나?

천변을 걸으며 어머니는 말씀하십니다

유옥빛 물에 잠잠히 제 얼굴을 비추기도 합니다

제들은 발이 두껍나?

이쪽이 저쪽을 아는 마음

집으로 가는 길

당신을 보내기 위하여
가끔씩 발길을 끊었다

당신이 가신 뒤에
울음이
서로를 적실 일이 없으리라

무량한 별빛이 하늘에 떠 있고
그 아래 모란 꽃잎 피고 지는

성호를 긋던 당신을
우뚝, 두 팔 벌려 불러보리라

월미도

바다는 보지 못하고
외진 길만 돌아 나왔네

외로이 산 자의 등을 보았네

바다에 떠 있는 섬이
떠도는 자의 마지막 집인지도 모르겠네

밀물 썰물에 물드는 노을을 따라
곤히 잠들다 깨는 뭇별과 같이

바다를 그리워하지 않겠네

선재길
─ 상원사 가는 길

풀잎을 흔들며 뱀은 사라졌다

물을 밀어내며 계곡 소리는 울려왔다

어둠이 내려와 숲길은 지워졌다

낡은 목불이 단정히 앉았다

집으로 가는 짐을 싸며

사람이 연민으로 번져올 때
나는 무릎을 꿇네
하늘의 구름은 노을 져
새 소리를 부르고,
사랑이 연민으로 피어오를 때
적막이 오기 전에

나는 집으로 가는 짐을 싸리라

사천행

사천엔 무덤이 많네
양지바른 봉분에 눈은 녹고 산새는 우짖지
곡기를 들지 못하는 당신이 누워 계시는 곳
가노라니, 석양은 지고 바람은 차가우리

안녕

마지막 인사가
되돌아왔네

산수유꽃이 막
피어나는 때

귀에 차오는
명백한 고요

곡우

흔들리는 몸으로 돌아서자
한 걸음 한 걸음이 지팡이 소리에 기대자,
나는 홀로 어둠 속에 서서 해무를 본다

아픈
그대가 긴 복도를 떠나갈 때

해무는 어둠마저 삼키고
갈 길을 재촉하는데

분홍 꽃잔디 피어나는 단오가 오면
출렁이는 그네를 멀리멀리 밀어올려

네 등에 포개어진 하늘을 보리라

보름달과 동진童眞

따라가고 싶다
아픈 배로 쪼그리고 앉아
눈 마주치며

따라갔던 적이 있다
고픈 배를 채우지 않고
적막 산중 홀연히

당신은 오래전에 고개를 넘으셨다

백일홍나무

늙은 여자가 꽃을 쓸어 담네 바람은 불고
꽃을 담을 수가 있으랴 다 쓸어 담을 수가 있으랴
점점이 흩어진 꽃을 허리 구부린 늙은 여자가 쓸자는 건
지 말자는 건지
비 내린 백일홍 꽃잎이 빈 뜰에 소담하여

여울의 노래

몽돌이 햇살을 받고 있습니다

그 옆 몽돌도
그 아래 몽돌도 납작하게 엎드려 있습니다

돌 돌 돌
구르는 소리도 없이

물에 비친 산벚꽃나무도
나도 물무늬 없이
맑은 물가에 나와 앉았습니다

3부

나무 아래

산이 좋아
산에서 살던 사람

나무 아래 묻혔네

산이 좋아
산에 들던 사람

나무 아래 앉았네

한때
산, 이라 불렀던 사람

나무 아래 지나갔네

천지간

당신도
나도

산마루 위의 구름
구름 위의 하늘

천지간에 관음이 깃든
무봉無峰

무릎에 발등에 손 위에 입술에
가만히 밀고 오는 미소로
비쳐 있는 것이다

소서 小暑

피가 부족하여
당귀 처방을 받았다

영양가 있는 음식을 먹으면
문제가 없다고 처방을 받았다

당귀를 끓이고
당귀차를 마시며
닮은 몸을 한 그분을 떠올리는데,

피가 부족하여 떠나가셨으나
건봉사 부처님께 올리던 마지막 인사는
언제나 그 자리에 있던 것이다

장미 집

사람들은 어머니 집을
장미 집이라고 부르네
줄줄이
빨강 분홍 노랑 향기로
흐드러지게 피어서
지나가는 사람들 발길을 잡지

나는 어머니 집을
장미 집이라고 부르네
꽃이라면 다 좋아하셔서
원피스 이불깃 챙모자에도
꽃들은 피어난다네

장미꽃이 왜 피어나는지,
모르는 게 많았던 깜깜한 밤은 지나고
해마다 장미는 피어나서
어머니를 지나가는 사람들을 흔들어 깨워
바람 꽃 앞에 서게 하네

고요

병든 아버지는 말수가 더 적어지시고
수발하는 어머니는 말수가 더 늘어지시고
아버지 입을 대신하는 나는 어수룩하네

침묵으로 차오르던 고요를 어디에 두고 왔는가

아버지 볼기의 욕창은 보름달 같고
어머니 굽은 등은 산마루 같은데,

네 그림자를 따라가다가 고요가 울겠다

나무
— 요셉

나는 당신 앞에서
언제나,
좋은 날이어야겠어요

나무가
점점이 햇살을 받아

울창한 나무로
새 소리 청명한,
사철 푸르러야겠어요

입맞춤
— 요셉

입관을 마치자 하얀 아기가 되셨다

이렇게 이쁜 아가를 어디서 다시 볼 수 있을까

그리도 원하시던 이 입맞춤이 외론 길을 밝히리라

혼자 우는 아이

숨을 지켜보다가
숨이 끊겨서,
복도에서 숨죽이는 아이

흰 재가
영생의 집에서
푹푹 내리는 눈송이들을 맞는 사이,
고개 넘어와 시린 눈을 손 안에 움켜쥔 아이

아무도 위로하는 이 없이,
노을 져 간 아버지를 따라가다
저 홀로 깊어져 우는 아이

기적

아버지가 떠나가신 건
꽃잎 지는 일이다

아버지가 허공으로 사라지셨듯이
꽃잎도 물 따라 흘러갔다

아버지, 들리나요? 불러보지만

성큼성큼 허공으로 돌아가신 기적을
나는 공손히 받든다

봄비

어린 날엔
네게 물이 들었다

멀리 돌아와

봄비가
맑은 물방울로,
파란 하늘에 물들지 않고

봄비가
영롱한 물방울로,
초록 잎새를 물들이지 않고

봄비 2

호스피스 병동에
희망의 말을 적어두고 왔다

지금이 마지막일 수도 있다는 걸,
내 손을 놓지 않던 아버지의 숨이 그랬고
내 눈을 뚫어지게 바라보던 누군가의 심장이 그랬다

삶은 담장을 넘는 달빛 같으리

봄비가 내려와
호스피스 병동 언덕 아래
노란 산수유꽃이 피었는데,
지난 가을의 빨간 산수유 열매를 매달고서

꽃 지는 마음과
꽃 피는 마음이 봄비에 내려와
보고 또 보았으리

감자꽃

내 옆에 계셨던 당신은 없다

잊지 않겠노라는 말만이 덩그러니 앉았다

얼마간 여행을 다녀오마 한 당신의 인사는 깨끗하다

감자꽃 피면, 강릉 감자바우 하고 놀리던 당신이 있다

누룽지
— 아버지별

한밤 오도독 소리를 내며 먹어요
첨탑의 십자가는 푸르고
성호를 긋던 당신을 떠올리지요
아이처럼 두른 자줏빛 앞치마에 음식을 묻히고
동그란 눈으로 손 들어 가슴을 향하여 외치던
성심의 이름은 어디에 있을까요

씹을수록 차오르는 게 슬픔이라면
깜깜한 밤 백일홍 꽃나무에게로 걸어가
다 괜찮다, 하며 다독이고 싶어요

한 장 그림 같은 생애가
쉽게 날아가버리는 풍경 한 장이
아무렇지도 않게 저 별로 건너가네요

편지

그래야 아프지 않아요,
편지가 왔네

아무 소용없어
인사도 없이 나와, 지켜보는 빗소리

멀리 떠나가신 후산 선생님과 요셉 아버지께
귀 기울이는 밤

그러그러하여 할 말 못 하고 잠 못 드는 나와
그러그러하여 할 말 않고 잠드신 당신과

하얀 연꽃을 띄워야 할 때가 왔다고
나에게 편지를 쓰네

밥

밥을 구름처럼 먹은 날이 있다

밥을 바람처럼 먹은 날이 있다

가난한 시인의 밥상이 저물어오면
구름은 바람은 어디로 흘러갈 것인가

백일홍 꽃잎 환한 나무 아래 서성이다가
배고파라, 설워 배고파라

아버지나무

아버지나무를 심었다
하늘에 땅에 아버지 얼굴이 없어 울었다

오늘에야 아버지나무를 심었다
애지람 뒤뜰 맑고 가난한 손을 두고 왔다

친구 2

너의 패밀리를 갖고 싶지 않냐고 물었다

강아지와 함께하는 선배는 외롭지 않냐고도 물었다

나는 가진 게 없어 가끔 서러울 때가 있지만,
가진 게 많아 종종 자랑이며 골칫거리며 비굴하지는 않다

태양이 하늘을 물들이며 별빛 달빛을 불러오듯이
나도 세상을 물들이며 별빛 달빛 너머로 흐른다

큰 수레

너를 바라보는 일은 좋다
너는 먹장구름 낀 얼굴

천둥 번개 치는 얼굴
때론 뜨거운 햇살
슬렁슬렁한 바람의 얼굴

너를 위하여 일이 많으니
얼마나 좋으냐
네 수많은 표정이 텅 빈 얼굴을 마주하기까지

나는 두고두고 네 얼굴 보기가 좋아라

4부

매화나무

매화꽃은 향기를 팔지 않는다는
당신의 편지를 다시 읽는다

매화는 몇 해를 피어났고
또 질 것인가

몹쓸 사람이 되어

부치지 않은 편지를 본다

가난에 천진한 얼굴을 하고,

매화꽃은 피어나고
눈은 나리고

덕해 德海

나의 제자였으나
지금은 눈 맑은 비구니

오대산 기린선원에서 내려와
자수정 염주를 건네었으나
그보다 더 빛났던

내원사에서 내려와
천연스레 백도를 깎아 건네었으나
그보다 더 향기로웠던

시를 쓰던 나의 제자였으나
그마저 미소로 흘려보낸
이제는 가없는 비구니

백로白露

너를 바라보는 일밖에 없다
산으로 떠돌던 바람도
상수리나무를 키우고 갔다

너를 헤맬 날들은 없다
샛강에 맑은 얼굴을 씻고
조약돌은 반짝인다

너를 떠나보낼 길은 없다
해가 파도에 밀려와
자작나무 숲을 물들이곤 한다

방울토마토

꽃분에 심은 방울토마토 앞에서
잠옷 댓바람으로 앉아 쳐다보시네
토니같이 부푼 파마머리로 고개를 살짝 기울여
새끼손가락으로 귀를 후비시면서

저리 이쁜 아가를 보지도 못하고
아버지는 어찌 먼저 가셨는가

푹푹 폭설 내리듯 단잠에서 깨어나
당신 기도로 시작하는 아침,

쪼그려 앉은 굽은 등 뒤로
노랑 분홍 분꽃도 흔들리며 하염없이 쳐다보지

문어

갈 때는 다 그렇게 가는 거라며 어머니는 나무라셨다

아버지는 오십 일 동안 곡기를 못 드시고 끝내 가셨다

나는 밥상 앞에서 삼킬 수 없는 게 많아 오래도록 울었다

올해처럼 동해안에 문어가 풍년이면 어김없이 나는 나와
닮은 아버지의 입술을 떠올린다

아버지는 오물오물 참으로 삶은 문어를 좋아하셨다

의자

십육 년 앉아서 책을 읽고 시를 쓰던 의자는 이 몸을 잘 기억한다. 무슨 의자가 이렇게 편안하냐며 감탄하는 이도 있었다.

낡고 낡아서 흰 광목을 두르고 다시 앉은 의자는 여전히 주인을 잘 기억한다. 명상하며 졸던 병 수발로 쪽잠 들던 의자는 느닷없이 큰 죽비를 맞았다.

가져갈 사람 가져가도 좋다는 얌전한 모양으로 대문 앞에 놓였다. 추적추적 내리는 비를 맞고 있는 의자는 너무나 편안해서 버려졌다.

척추를 곧추세우는 밤이 지나고 더 꽂을 데 없는 주삿바늘 멍 자국 가득한 늙으신 아버지 팔뚝에 기댄 밤도 지나고, 덩그러니 빈 그림자만 남았다.

비구니

한밤 길을 묻는 비구니

작은 마을 절 부처님 앞에 케이크를 올리고
황망히 왔던 길로 되돌아간 비구니

깍듯이 무릎을 바치던 법당에
오래전에 은혜를 입었노라는,
— 부처님이 사람하고 똑같지요!

한번 먹은 마음을 끝까지 밀고 가는 마음

반 승복에 모자를 눌러쓰고
잠행하듯 떠나간 어둠 속에서
막차는 어디에 접어들었는가

모카크림빵을 건네받고 어쩔 줄 몰라 하는,
남쪽에서 먼 길 오느라 저녁을 굶은 비구니

비와 별과 이슬

비가 내리면
듣는 빗소리에 멀리도 가라

나는 지구별에서 이슬
풀잎과 사슴과 잔등을 비추다가

비가 내리면
멀리도 가는 네 빗소리

입춘

동백꽃이 일찍 피어서
얼어 죽었다고,

딸이 홀로 남아서
아직 더 살아야겠다고,

팔순 노모의
천릿길

동대東臺

팥죽 같은 땀을 흘리고
콩죽 같은 땀도 흘리고

아주 멀리서 불어오는 바람 소리가
산을 타고 넘어오는데,

선객처럼 떠돌던 마음이
어쩌자고 이 가파른 길을 가느냐고 나무라는 듯도 하였다

산꼭대기에는 관음이 계시고

그 아래 무릎 꿇은 보살은 일어날 줄을 모르고

한계령

마가목을 말없이 한 잔
건넨 이 있다

외로움이,
마가목으로 익어가던 집

상처 입은 짐승이
거친 계곡 물소리에 문을 열어두고

수많은 별이
쏟아지던 집

경칩

마음 둘 데 없어
헤진 머리칼로 쓰러진 나무를 보네
— 가만가만 강물이 고요로이 떠받드네

청둥오리는 일가족을 거느리고
강물을 둥둥 거슬러 오르네
— 제들은 새끼를 어디서 자꾸 데려오는가 봐

병드신 어머니는 딸을 앞세우고
걸음걸음 묵주기도를 바치시네

둑방의 누런 풀들이 바짝 엎드린 채
봄바람 흙먼지를 덮어쓰네

막국수
— 아버지

방풍을
집 화단에 옮겨 심으려고
이웃에게도 나누어주려고
어머니는 뿌리를 살살 흔들어 세우신다

바닷가 모래사장 그네에 출렁이며,
한사코 길게 수평으로 뿌리를 박은 방풍을 본다

당신이 그리도 좋아하셨던
막국수를 먹고 돌아오는 길

약하고 가엾은 것들은 그렇게 툭툭 끊어진다

동기同氣

내 동생 아프지 마라
붉은 감 까치밥 줄래

내 동생 울지 마라
보름달 지켜줄게

이팝꽃나무
내 동생 가슴에 살아 있어라

공일空日

공일이라는 말 참 좋지요

"공일이라 왔나?"
물동이를 머리에 이고
마당에 들어서며 하시던 말씀,

찐 감자를 멍석에 둘러앉아 먹던
밤하늘

외할머니는 가서도
너른 마당에 고욤나무
햇살은 가득해

공일을 바람처럼 듣다가
바람으로 듣는 공일

공일이라 왔나?

열전列傳
— 이종두 요셉

거진 쌍 과붓집에서
하숙을 하셨다

먼 고향에 터 잡은 각시는
평생 농弄을 걸었다

북쪽 마을엔 자주 폭설이 내려
무릎 빠지던 언 발을 녹이고
허기진 독상을 받으셨을 것이다

굽은 소나무에서 잔설이 떨어지고
거기 영면한 허공이여

한생이 독상을 면치 못하리라

꽃그늘

꽃그늘이라 불러도 좋을 사람은
향기가 맑다
어스름 저녁에
기척 없이
외로운 자의 밤을
지키는

꽃그늘이라 불러도 좋은 사람은
둘레가 그윽하다
여명에
다소곳이
아픈 자에게 사랑을
바치는

구름 산

단순하고 소박하게,
문패를 단 지 서른세 해가 지났다

부뚜막에 놓으셨다는
법정 스님의 문패를 닮아

스님은 가고
날 선 그리움도 가고

문패를 깨뜨리고
쪽박으로 나앉은 구름 산

뭉게뭉게 흘러간 게 구름만은 아니어서
어슴푸레 다가온 게 푸른 능선만은 아니어서

적막이 지친 무릎을 짚는 세한도 한 폭

우대식/ 시인

　이계열 시인의 『이쪽이 저쪽을 아는 마음』을 읽으며 사람의 '살이'와 '문학'에 대해 생각해본다. 무엇을 생각하고 어디에 방점을 두고 살 것인가 하는 문제와 문학의 구체적 형상은 필연의 관계에 있을 터이다. 하지만 최근의 많은 시가 사람의 '살이'에 대한 지나친 왜곡 혹은 경시의 태도를 가지고 있는 것은 아닌가 하는 의문을 가지게 한다. 또한 지나친 사적 현실의 추구 역시도 시를 읽는 괴로움을 불러일으키는 것은 아닌가 하는 생각도 하게 된다. 이계열 시인의 시는 사랑과 연민 그리고 결기를 정서적 배경으로 하면서 사람살이에서 가장 중요한 관계성에 깊이 천착하고 있다. 아버지, 어머니, 친구와 제자 등 자신과 관계 맺은 자들을 포함한 당신이라고 하는 관념적 대상까지 끝없이 보듬어내는 눈물겨운 몸짓을 그의 시편들은 보여준다. 사람살이에서 비롯된 관계망들에 대한 시적 형상화는 읽는 이로 하여금 더 넓은 공감

대를 형성하는 힘을 가지고 있었다.

그러한 면에서 이 시집의 제목은 시사하는 바가 매우 크다. '이쪽이 저쪽을 아는 마음'이란 사람과 사람의 관계에 대한 지극한 마음을 뜻하는 것이며 사람을 하늘처럼 여긴다는 우리의 전통적 철학과도 일맥이 닿아 있는 마음의 바탕을 일컫는 것이기도 하다. 합리라는 이름으로 우리는 많은 것을 생략하거나 경시해왔다. 그러나 사람살이에서 빚어지는 관계망 없는 일생은 없을 것이며 그것을 제외한 예술이란 것도 큰 의미를 띨 수 없을 것이다. 그 관계망을 빛나는 서정으로 엮어낸 시집이 『이쪽이 저쪽을 아는 마음』이라 할 것이다. 이 시집에서 가족을 제외하고 시인이 가장 애정을 가진 인물은 덕해 스님이다. 한때 시인의 제자이기도 했던 덕해 스님은 실제 실명으로 시집에 두 번밖에 등장하지 않지만 여러 시편의 발상이 되기도 하며 시집 많은 부분의 정서적 바탕이 된다는 것이 개인적 생각이다.

나의 제자였으나
지금은 눈 맑은 비구니

오대산 기린선원에서 내려와
자수정 염주를 건네었으나
그보다 더 빛났던

내원사에서 내려와
천연스레 백도를 깎아 건네었으나

그보다 더 향기로웠던

시를 쓰던 나의 제자였으나
그마저 미소로 흘려보낸
이제는 가없는 비구니

—「덕해德海」전문

　한때 시인의 제자이기도 했던 덕해 스님은 그러한 세속적
관계를 떠나 정서적 도반이라 할 수 있다. 속세와 출세간을
넘는 우의는 정서적 지향이 같다는 것을 의미한다. 시를 쓰
던 제자가 비구니가 되어 보여주는 빛나고 향기로운 모습을
바라보는 시적 화자의 시선은 허허롭기 그지없는 것이다.
"가없는 비구니"를 바라보는 시선은 긍정이나 부정과 같은
가치의 문제로 대상을 대하는 것이 아니라 소실점을 잃을
때까지 바라보아준다는 것을 의미한다. 유한자로서 궁극을
추구한다는 일은 언제나 가없는 일이기도 한 까닭이다.
　"수현이는 출가하여 각시가 됐다/ 인숙이는 출가하여 스
님이 되었다/ 나는 출가를 않고 집에 있다// (중략) // 양원
역에서 생각느니 만화접몽滿花蝶夢이리"(「출가」 부분)에서
인숙이는 뒷날의 덕해 스님이다. 각자 다른 삶의 형식을 출
가와 관련지어 생각하는 이 시는 모든 것을 나비의 꿈을 빌
어 그리고 있다. 양원역이란 오지로 소문난 승부역 근처의
역사로 명상의 공간을 상징하는 곳이라 할 수 있다. 이 명상
의 공간에서 일체의 것이 꿈과 같다는 발상은 속세와 출세

간의 차이를 무화시키고 있다. 승속이 하나이며 또한 결혼과 미결혼도 삶의 선택된 형식일 뿐 별다른 차이가 없다는 인식을 이 시는 보여준다. 절제된 시선 속에 타자에 대한 존중과 연민이 슬며시 비칠 뿐이다.

우리는 한때 모두 눈이었을 것이다
울음을 하늘로 보내어
구름으로 떠돌다가
잎 다 떨어진 고요로
하염없이 나리는

우리는 한때 모두 잔설이었을 것이다
나그네에게 길을 내어주고
밟힌 그림자를 따라
큰 산이 받드는 적요로
한없이 녹아내리는

우리가 한때 눈이었을 때, 잔설이었을 때,
우리는 모두
하늘의 해와 달과 별이었을 것이다

—「친구」전문

시인에게 친구란 전생부터 함께 이어져온 인연을 의미한다. 그러나 중요한 것은 그 관계가 수다스럽거나 별난 인연의 끈이 아니라 "고요"와 "적요"라는 개념으로 매개되어 있다는 사실이다. 이것은 시인의 세계관을 보여주는 의미 있는 단서로 작동된다. 시집 전체를 규정할 수 있는 의미망이 바로 "고요"와 "적요"라고 할 수 있기 때문이다. 지나친 비극적인 세계 인식은 비탄의 제스처를 불러올 것이며, 요령 없는 낙관주의는 맥락 없는 과장을 펼칠 가능성이 크다. 그러나 이 시집이 끝내 포기하지 않는 정서적 가치는 "고요"와 "적요"에 대한 지향이라 할 수 있다.

"잎 다 떨어진 고요로/ 하염없이 나리는" 눈발의 이미지는 순결과 동시에 개결한 태도를 보여준다. "큰 산이 받드는 적요로/ 한없이 녹아내리는" 잔설의 이미지도 소멸을 통하여 진정한 가치를 실현해낸다는 점에서 시적 화자가 지향하는 가치와 맥락이 일치하는 것이다. "우리는 모두/ 하늘의 해와 달과 별이었을 것이다"는 "고요"와 "적요"가 이룩한 빛나는 가치의 상징이라 할 수 있다. 이계열 시인이 지향하는 바의 세계란 어떤 일방의 가치가 지배하는 것이 아니라 스스로 하염없이 녹아내려 스며드는 세계이고 친구는 그 절정의 세계를 공유하는 자들이다.

시집에서 타자의 형식으로 드러난 또 하나의 존재는 "당신"이다. 당신에 대한 형상화는 두 가지의 양상을 띠고 있다. 후반부의 당신은 어머니 혹은 아버지라는 육친을 객관화한 호칭인데 이 경우 대상에 대한 일정한 거리를 획득함으로써 좀 더 근본적인 물음을 던지고 사유하는 효과를 얻고 있다. 반면 전반부의 "당신"은 절대자의 형상을 하고 있다. 이계열 시인에게 절대자란 종교적 성스러움을 갖고 있기는 하지만 바로 어느 특정 종교로 환원되지 않는 특성을 가지고 있다. "쨍쨍한 대낮에 담묵빛 수녀를 보았다/ 삼십 년 전엔 산정호수 눈빛 비구니를 보았다/ 오늘 하늘 구름을 보고 또 보았다"(「칠월」 전문)에서처럼 범凡 종교적 사유 속에 공통의 가치로서 보여주는 의식의 지향은 순결성이다.

어둠이 내리고
이리 추운 날엔
저 별을 본다

가끔은 안부를 전하는
꿈 같은 일

눈을 기다리는 아이처럼
당신을 그리는 이 밤엔
또박또박 경經을 읽어라

자작나무도 기우뚱
밤하늘의 별

—「별」 전문

"별"이라고 하는 절대 순수로서의 상징은 이 시의 지배적 인상을 담고 있다. 춥고 어두운 하늘에 떠오른 별이란 그것이외에는 그 어떤 것도 보이지 않는 뚜렷한 실체이다. 차갑고 어두운 이미지와 빛을 내며 떠 있는 별의 이미지는 상반된 듯 보이지만 지극한 조화의 형식을 띠고 있다. "눈을 기다리는 아이처럼/ 당신을 그리는 이 밤"이라는 시공간은 완전한 세계의 구현이다. 눈을 기다리는 아이의 설렘으로 당신을 그리는 밤이란 누구와도 공유할 수 없는 정서이며 이때 "당신"이란 연모의 대상이라기보다는 끝내 도달할 수 없는 절대자의 형상을 하고 있다. "또박또박 경經을 읽어라"라는 구절은 신성성을 극대화한다. 이 신성성이란 구원이나 해탈 등의 종교적 지향과는 또 다른 의미를 띠고 있다. 별을 보는 일이란 당신을 생각하는 일이고 그것은 경을 읽는 일로 나아가게 한다는 점에서 당신은 숨은 신의 형상을 하고 있다.

> 느티나무는 알고 있을 것이다
> 정갈한 당신의 손길과
> 깊은 고요의 당신의 음성이
> 어둠에서 왔다는 것을
>
> 헐벗은 몸으로 다 내어준 어둠이
> 빛이라는 것을
>
> 느티나무 둘레에 돌던 바람도
> 무릎 꿇는 마음이라는 것을
>
> ―「청빈」 전문

숨은 신의 형상을 한 당신의 음성은 깊고 고요하다. 이계열 시인의 시적 성스러움은 대체로 어둠에서 비롯되는 특성을 가지는데 이것은 고요와 관련이 깊다. 앞에서도 말했듯이 시집의 주요한 정서적 특성은 '고요로의 침잠'이다. 이는 이계열 시인의 시적 명상과 깊은 관련을 맺고 있는 듯 보인다. 고요로의 침잠을 통하여 자연 혹은 형이상학적 개념들과 소통하며 그것들을 내면화하는 과정이 시 쓰기의 한 방법론인 까닭이다.

"당신의 손길"과 "당신의 음성"은 시적 궁극이라고 하는 성스러운 대상을 향한 경외감을 의미하는 동시에 시적 화자의 내면적 목소리를 뜻하는 것이기도 하다. 특히 "헐벗은 몸으로 다 내어준 어둠이/ 빛이라는 것을"에서는 일체의 분별이란 헛되다는 『금강경』의 일원一圓상을 연상케 한다. 부제목을 보면 용소막 성당에서 느꼈을 청빈함에서 시적 상상력이 발동되었을 터이다. 어둠 속에서 빛이 오듯 한없이 낮아지는 마음이야말로 시적 화자가 지향하는 삶의 모습이며 그 가운데 "당신"이라고 지칭되는 숨은 신을 만나게 되는 것이다. 따라서 "당신"이라는 존재는 어디에도 있지만 어디에도 없는 존재이며 "당신"을 찾아나선 형이상학적 탐험이 시인에게는 시의 다른 이름인 것이다. "당신은 새의 날개였다"(「하늘 가는 길」 부분)는 시적 고백은 탐구의 대상으로서 "당신"의 속성을 잘 보여준다.

시집에서 가장 많은 부분을 차지하는 것은 아버지에 대한 형상이다. 좀 더 구체적으로 말하자면 아버지의 병과 죽음에 이르는 과정과 죽음 이후에 대한 형상이라 할 수 있다.
육친에 대한 안타까움이야 다시 말할 필요가 없을 터이나
시집에서 아버지는 당신 혹은 세례명인 요셉 그리고 아버지
라는 이름으로 다양하게 변주된다.

　　병든 아버지는 말수가 더 적어지시고
　　수발하는 어머니는 말수가 더 늘어지시고
　　아버지 입을 대신하는 나는 어수룩하네

　　침묵으로 차오르던 고요를 어디에 두고 왔는가

　　아버지 볼기의 욕창은 보름달 같고
　　어머니 굽은 등은 산마루 같은데,

　　네 그림자를 따라가다가 고요가 울겠다
─「고요」 전문

　이 시집에는 '병상일지'라고 부를 만한 몇 편의 시가 실려
있다. 병든 아버지를 수발하는 어머니의 말이 늘어났다는
것은 당연한 일이다. 문제는 "아버지 입을 대신하는 나는 어
수룩하"다는 고백이다. 아버지를 대신한다는 것은 아버지
가 말하고 싶어 하는 것을 대신 묻고 답하는 형식을 뜻한다.
가령 '밖에 나가서 바람을 쏘이고 싶지요', '문어 같은 것을
드시고 싶지는 않으세요'와 같은 질문을 통하여 아버지 바

람이나 욕망을 외부로 발현시키는 발화의 방식일 터이다.

그러나 그마저도 어수룩할 수밖에 없는 이유는 "아버지볼기의 욕창은 보름달 같"다는 데 기인한 것이며 그것은 아버지의 병환이 죽음에 가까워졌다는 것을 뜻한다. "네 그림자를 따라가다가 고요가 울겠다"는 것은 슬픔의 극한이 고요나 침묵으로 치환되는 장면이라 할 수 있다. "당신을 보내기 위하여/ 가끔씩 발길을 끊었다"(「집으로 가는 길」 부분)는 진술에서 집이라고 하는 근원적 세계의 설정을 통하여 아버지의 죽음으로 인한 슬픔을 절제하고 있는 것이다. 그러한 인식은 아버지의 죽음을 기적으로 받아들이게 한다.

아버지가 떠나가신 건
꽃잎 지는 일이다

아버지가 허공으로 사라지셨듯이
꽃잎도 물 따라 흘러갔다

아버지, 들리나요? 불러보지만

성큼성큼 허공으로 돌아가신 기적을
나는 공손히 받든다

—「기적」 전문

아버지의 죽음과 꽃잎이 지는 일이 등가의 것이라는 사실은 인간의 삶과 죽음이 자연의 한 형태라는 것을 의미한다. 한 생명이 사라진 것과 꽃잎이 물을 따라 흘러가는 일이 동질의 것일 때 인간의 죽음 혹은 소멸은 부조리한 현상이 아니라 자연스러우면서도 기적적인 일로 받아들여진다. 아버지의 죽음이 "허공으로 돌아가신 기적"으로 인식될 때 죽음이란 오히려 공손히 받들어야 할 신비한 현상으로 비추어지는 것이다. 앞에서 말한 바와 같이 이계열 시인은 죽음을 슬픔과 비탄의 현상이 아닌 꽃잎이 물에 흘러가다 그 형상조차 남기지 않는 기적 혹은 신비로 치환시키고자 하는 욕망을 보여준다. "사랑이 연민으로 피어오를 때/ 적막이 오기 전에// 나는 집으로 가는 짐을 싸리라"(「집으로 가는 짐을 싸며」 부분)에서 보듯 사랑이 연민으로 피어오르는 것을 온몸으로 거부하는 것이다. 아버지의 죽음 이후를 바라보는 시선은 이를 더 명확히 보여주고 있다.

나는 당신 앞에서
언제나,
좋은 날이어야겠어요

나무가
점점이 햇살을 받아

울창한 나무로
새 소리 청명한,
사철 푸르러야겠어요

　의지적 진술로 이루어진 이 시는 돌아가신 아버지 요셉을 나무로 그리고 있다. 그 나무 앞에서 "언제나,/ 좋은 날이어야겠어요"라는 다짐은 아버지의 죽음에 대한 연민이나 슬픔 너머의 세계에 대한 지향을 보여준다. 죽음을 꽃잎이 떨어져 흘러가는 것과 등가의 것으로 인식하였을 때 주검 앞에 피는 꽃은 자연스럽고 아름다운 일상일 터이다. 돌아가신 아버지를 상징하는 "나무"가 햇살을 받아 울창한 나무로 사철 푸르렀으면 좋겠다는 간절한 기원은 육체적 죽음을 추도하는 것과는 다른 형식을 취하고 있다. "입관을 마치자 하얀 아기가 되셨다"(「입맞춤」 부분)에서처럼 신생의 형식으로 죽음을 받아들이고 있음을 본다. 빛이 어둠에서 오듯 생명도 죽음에서 비롯된다는 역설을 아버지의 시편을 통해 명백하게 보여준다.

　반면 어머니는 일평생을 살아낸 범속한 트임의 형상으로 그려진다. 아버지의 죽음 앞에서 "갈 때는 다 그렇게 가는 거라며 어머니는 나무라셨다"(「문어」 부분)는 어머니의 나무람은 좀 더 현실 속에 발을 딛고 있다. 그것은 세상을 살아온 범속한 지혜에서 비롯되는 것이다.

　　동백꽃이 일찍 피어서
　　얼어 죽었다고,

　　딸이 홀로 남아서

아직 더 살아야겠다고,

팔순 노모의
천릿길

—「입춘」전문

일찍 피어서 얼어 죽은 동백꽃에서 어머니는 앞날이 창창한 딸의 일생을 본다. 어머니의 입장에서는 그 딸이 혼자된다는 것은 동백꽃과 같은 위기에 처할 수 있다는 것을 의미한다. "아직 더 살아야겠다"는 다짐은 딸을 홀로 남겨둔다는 것에 대한 안쓰러움에서 비롯되는 것이다. 죽음조차 편안히 받아들이지 못 하고 혼자 남을 딸을 생각하는 늙은 어머니의 마음을 "천릿길"이라 하였다. 공간으로서 천릿길은 시간으로 보자면 영원에 해당하는 것이다. 아버지에 대한 시편들이 아버지에 대한 시적 화자의 사유가 두드러진다면, 어머니에 대한 시편들은 시적 화자에 대한 어머니의 사유가 두드러진다는 특징을 가진다. 시집에 들어 있는「겨울 소묘」는 어머니라는 존재의 융숭한 본질을 잘 보여준다.

제들은 발이 시리지 않나?

천변을 걸으며 어머니는 말씀하십니다

유옥빛 물에 잠잠히 제 얼굴을 비추기도 합니다

제들은 발이 두껍나?

이쪽이 저쪽을 아는 마음

—「겨울 소묘」전문

시집에서 가장 아름다운 시편인 이 시에는 어머니의 두 가지 물음이 들어 있다. "제들은 발이 시리지 않나?"와 "제들은 발이 두껍나?"라는 물음이 그것이다. 문제는 왜가리를 가리켜 말하는 "제들"이 어머니 자신과 너무 닮아 있다는 것이다. 시리도록 찬물에 발을 담그고 살림살이를 도모해온 어머니의 일생이 그대로 왜가리에 투영되어 있다. 어머니가 동병상련의 아픔을 왜가리와 나누는 장면은 오래도록 기억할 만하다.

어머니는 가냘픈 발을 숨긴 채 마치 아무렇지도 않다는 듯 물길을 걸어왔다. 왜가리를 보면서 부르트고 시린 발을 생각한다는 것은 어쩌면 자신의 전 생애를 반추한다는 말일 터이다. "이쪽이 저쪽을 아는 마음"이란 이 세상을 건너오며 느낀 삶의 지혜에서 비롯된 마음일 것이다. 단호하면서도 속정 깊은 어머니의 마음은 우리가 이 세상을 살아가는 동력이라 할 것이다.

정서적으로는 "고요"와 "적요", 그리고 내용적으로는 관계성을 중심으로 이계열 시인의 시를 살펴보았다. 고요로의 침잠 속에서도 생명력이 꿈틀대고 나아가 번뜩이는 인생의 지혜를 담담하게 그려내고 있었다. 특히 언어의 구사에 있어서 공감의 폭이 넓게 확장되어가는 특징이 있었다. 자신이 바라본 별의 항로를 끝내 놓치지 않고 따라가며 남겨놓은 혼적이 이계열 시인에게는 시의 다른 이름이라 할 것이다. 부질없는 말은 그만두고 울림이 큰 시 한 편을 읽는 것으로 글을 마친다.

공일이라는 말 참 좋지요

"공일이라 왔나?"
물동이를 머리에 이고
마당에 들어서며 하시던 말씀,

찐 감자를 멍석에 둘러앉아 먹던
밤하늘

외할머니는 가서도
너른 마당에 고욤나무
햇살은 가득해

공일을 바람처럼 듣다가
바람으로 듣는 공일

공일이라 왔나?

—「공일空日」전문

103

현대시세계 시인선 **120**

이쪽이 저쪽을 아는 마음

지은이_ 이계열
펴낸이_ 조현석
기　획_ 고영, 박후기
펴낸곳_ 북인
디자인_ 푸른영토

1판 1쇄_ 2020년 09월 30일
출판등록번호_ 313 - 2004 - 000111
주소_ 121 - 842 서울 마포구 서교동 467 - 4, 301호
전화_ 02 - 323 - 7767
팩스_ 02 - 323 - 7845

ISBN 979-11-6512-120-4　03810
ⓒ 이계열, 2020

이 도서의 국립중앙도서관 출판예정도서목록(CIP)은 서지정보유통지원시스템
홈페이지(http://seoji.nl.go.kr)와 국가자료종합목록시스템(http://www.nl.go.kr/
kolisnet)에서 이용하실 수 있습니다. (CIP제어번호 : CIP2020039899)

"이 책은 강원도, 강원문화재단 후원으로 발간되었음."

책값은 뒤표지에 있습니다.
저자와 협의 아래 인지를 생략합니다.